パン屋を襲う

袭击面包店

〔日〕村上春树 著

〔德〕卡特·曼施克 图

施小炜 译

南海出版公司

新经典文化股份有限公司
www.readinglife.com
出　品

パン屋を襲う

袭击面包店

パン屋を襲う

目录

袭击面包店

总之我们饥肠辘辘。不，何止饥肠辘辘，那感觉就像把全宇宙的空白整个儿吞进了肚子里。空白起先非常小，就像甜甜圈中央的洞那么大，然而伴随着时间的推移，它在体内不断膨胀，最终竟成了深不可测的虚无。

为什么会产生饥饿感？当然是由于缺乏食物。为什么会缺乏食物？是因为没有等价交换物。那么我们为何没有等价交换物呢？恐怕是由于我们想象力不足。不，说不定饥饿感就直接来源于想象力不足。

其实无所谓。

上帝也罢马克思也罢约翰·列侬也罢，统统都死了。总之我们饥肠辘辘，结果就是，我们打算奔向恶。并非饥饿感驱使着我们奔向恶，而是恶驱使着饥饿感袭向我们。

尽管有些不明所以，却颇有存在主义风格。

“不行，我已经熬不住啦！”搭档说道。简而言之，事实就是如此。

这也情有可原，两人都是整整两天只喝过几口水。曾经试着吃过一次向日葵叶子，但再也不想吃第二次了。

于是，我们手持菜刀走向面包店。面包店位于商店街中央，两旁是棉被店和文具店。面包店的老板是个年过五十的谢顶的共产党员。店内贴着好几张日本共产党的海报。

我们手持菜刀，沿着商店街缓步走向面包店。那种感觉很像《正午》里打算去干掉加里·库珀的不法之徒。随着步步逼近，烤面包的香味越来越浓郁。那股香味越

强烈，我们向恶倾斜得也越厉害。袭击面包店与袭击共产党员让我们兴奋不已，而这两件事可以同时进行，更让我们体会到了极度的激动。

说是下午，时间其实已经很晚了。面包店里只有一位客人，是个拎着邋邋遢遢的购物袋、看似呆头呆脑的大妈。大妈周围飘溢着危险的气息。犯罪者周密的计划，总是被呆头呆脑的大妈那呆头呆脑的举动妨碍。至少在电影里总是这样。

我用眼神告诉搭档：别动手，等大妈出去以后再说。并且把菜刀藏到身后，假装挑选面包。

大妈花了好长时间，长得几乎令人昏厥，简直就像挑选大衣橱和三面镜一样慎重，终于将一个油炸面包和一个蜜瓜包放进托盘里。

然而她并没有马上买走。油炸面包和蜜瓜包对她来说不过是一道命题，还停留在假设阶段，需要花上一段时间验证。

随着时间过去，蜜瓜包首先失势了。我怎么会挑蜜瓜包呢？她摇摇头。不该挑这种东西，首先就甜得不行。

她将蜜瓜包放回货架上，想了一下，又将两只羊角面包轻轻地放到托盘上。新命题诞生。冰山松动了一丁点，云层间甚至闪现出春天的阳光。

“还没好吗?！”我的搭档小声说道，“顺便把这老太婆也宰掉得了。”

“得得。再等一等。”我制止了他。

面包店老板无暇顾及这种事，他只顾侧耳聆听收录机中流淌出来的瓦格纳。身为共产党员，却听瓦格纳，我不知道这种行为究竟是不是正当。那是我无从判断的领域里的东西。

大妈继续目不转睛地盯着羊角面包和油炸面包。总觉得哪儿不对劲。不自然。羊角面包和油炸面包让人感觉绝不能摆在一起。她似乎觉得它们之间存在某种针锋相对的思想。盛着面包的托盘在她手中咔嗒咔嗒地摇晃，就像恒温器功能欠佳的电冰箱。当然不是真的在摇晃，只不过是个比喻——摇晃着，咔嗒咔嗒咔嗒。

“宰了她！”搭档说。他因为饥饿、瓦格纳和大妈散发出的紧张之感，变得像桃子上的绒毛一般纤细脆弱。我无言地摇摇头。

可是大妈仍旧端着托盘，彷徨在幽暗的冥界。油炸面包首先登上讲坛，向罗马市民发表了一通称得上令人感动的演说。美丽的词句、巧妙的修辞、富有穿透力的男中音……众人噼里啪啦地鼓掌。接着，羊角面包站上讲坛，针对交通信号灯进行了一番不知所云的演说：左转车辆在前方是绿灯的情况下直行，仔细确认对面有无来车之后再左转——内容大致如此。罗马市民尽管听得莫名其妙（当时还没有信号灯），却因为貌似高深莫测，姑且噼里啪啦地鼓掌。好像是羊角面包这次的掌声稍大一些，油炸面包便被放回货架上去了。

大妈的托盘迎来了极其纯粹的完美。羊角面包两只。

无人提出异议。

于是，大妈出门而去。

好啦，接下来轮到我们啦。

“我们肚子很饿。”我开诚布公地对老板说，菜刀仍旧藏在身后，“而且我们身无分文。”

“哦哦。”老板点点头。

柜台上放着一把指甲钳，我们两人直勾勾地盯着那把指甲钳。那是一把连秃鹫的爪子都能剪断的超大号指甲钳，大概是为了搞笑制造出来的东西。

“既然肚子这么饿，就吃面包好了。”老板说。

“可是我们没钱。”

“我刚才听到了。”老板百无聊赖地说，“不要钱，你们随便吃好了。”

我再度将目光投向指甲钳。“明白吗，我们正冲着恶狂奔呢。”

“嗯嗯。”

“所以我们不能接受他人的恩惠。”

Wagner

“嗯。”

“就是这样。”

“好了。”老板再次点头，“既然这样，那就这么办吧。你们只管随便吃面包。作为代价，我就诅咒你们。这样行不行？”

“诅咒？怎么诅咒？”

“诅咒永远是不确定的，跟地铁时刻表可不一样。”

“喂喂，等一下。”搭档插嘴了，“我不干。我可不想被人诅咒。干脆宰掉他算了。”

“等等，等等。”老板说，“我可不想被宰掉。”

“我不想被人诅咒。”搭档说。

“可是，总得来个交换嘛。”我说。

半晌，我们盯着指甲钳，沉默不语。

“怎么样？”老板开口了，“你们喜不喜欢瓦格纳？”

“不。”我答道。

“根本不喜欢。”搭档说。

“如果你们认认真真地听一回瓦格纳的音乐，我就让你们把面包吃个够。”

简直像黑暗大陆的传教士说的话。然而，我们接受了这个建议。至少要比受到诅咒好。

“行呀。”我说。

“老子也无所谓。”搭档说。

于是，我们一边听瓦格纳的音乐，一边饱餐了一顿面包。

“音乐史上这部璀璨辉煌的《特里斯坦与伊索尔德》完成于一八五九年，成了理解瓦格纳后期音乐必不可缺的重要作品。”

老板朗读着乐曲解说。

“哼哼。”

“啊呜啊呜。”

“康沃尔国王的侄子特里斯坦前去迎接叔父的未婚妻伊索尔德公主，却在归途的船上与伊索尔德双双坠入爱河。开篇出现的由大提琴与双簧管演奏的美丽主旋律，就是这两人的爱情主题。”

一小时后，我们满意地彼此道别。

“不碍事的话，明天咱们再一起听听《汤豪舍》。”老板说。

回到家里，我们胸中的虚无感彻底消失了。而且想象力像顺着徐缓的斜坡滚落一般，扎扎实实、准确无误地运转起来。

再袭面包店

直到现在我也没有自信，不知把袭击面包店的事情讲给妻子听是不是正确的选择。那恐怕是不能用正确与否这种基准来衡量的事。就是说，世上既有带来正确结果的不正确选择，也有导致不正确结果的正确选择。为了避免这样一种荒诞性（我觉得不妨这么称呼它），我们有必要采取实际上没作任何选择的立场，我大致就是如此思考、如此生活的。发生的事情已然发生了，没有发生的事情就是还没有发生。

从这一立场出发回顾往事，总而言之，我把袭击面包店的事告诉了妻子。就是这么回事。已经说出口的事情反正覆水难收，由此产生的事件也是既成事实了。假如那件事在人们看来显得奇妙，原因恐怕要到包含该事件在内的整体状况中去寻找。然而不管我如何想，事态都不会有所改变。

我在妻子面前说起袭击面包店的故事，其实是一件极其细微的琐事使然。既不是事先就想好要谈，也不是事到临头突发奇想，就是以“如此说来……”开始徐徐道来的。我在妻子面前说出“袭击面包店”之前，已经把自己袭击过面包店的事忘了个一干二净。

那次让我回忆起袭击面包店的，是难以忍耐的饥饿感。时间是将近深夜两点。我和妻子在下午六点吃了顿简单的晚饭，九点半上床合上了眼睛，可到了那个时刻，两人不知为何同时醒过来了。不久，像《绿野仙踪》里出现的龙卷风一般的饥饿感便猛地袭来。那是一种蛮横无理、排山倒海的饥饿。

然而冰箱里没有一样可以称为食物的东西。法式沙

拉酱、六罐啤酒、两只干透了的洋葱、黄油和除臭剂，仅此而已。我们两周前刚刚结婚，在饮食生活上还没有达成类似共识的东西。除了这个，必须确立的东西还多得堆积如山。

那时我在一家法律事务所里做事，妻子在设计学校做事务性工作。我不是二十八岁就是二十九岁（不知为何，我怎么也记不起自己是哪一年结的婚），她比我小两岁零八个月又三天。我们的生活忙碌不堪，像立体洞窟一般前后左右地纵横交错，实在没有余力顾及冰箱里的东西。

我们下了床，来到厨房，无所事事地隔着餐桌相对而坐。想再度入睡，可两人都饥饿难忍，一躺下就十分痛苦。话虽如此，可要起身忙活，却又同样腹饥难耐。如此强烈的饥饿感来自何方，又是如何降临的？我们毫无头绪。

我和妻子心存侥幸，轮流打开冰箱门看了好几次，可不管打开几次，里面都没有变化。啤酒、洋葱、黄油、

沙拉酱和除臭剂。倒也可以做个黄油炒洋葱，但很难认为两只干透了的洋葱能填塞我们的辘辘饥肠。洋葱这玩意儿该和别的东西一道送入口中，单靠它不足以果腹。否则，或许反倒会让肚子更饿。

“法式沙拉酱炒除臭剂，如何？”我开玩笑地提议。一如所料，惨遭无视。

“开车出去，找一家通宵营业的餐馆。”我说道，“上了国道肯定能找到这种餐馆。”

然而妻子拒绝了我这个建议。不想跑到外边去吃饭，她说。

“过了半夜十二点，再到外边去吃饭，这种事不对头。”她说道。她常常有这种古板的想法。

“也许是这样。”隔了几秒钟，我说。

新婚之初或许常常有这种情况：伴侣这类意见（或者说声明）在我听来就是一种启示。她这么一说，我便觉得此刻面对的饥饿是某种特殊的饥饿，不该在国道边通宵营业的餐馆里随随便便地解决了事。

所谓特殊的饥饿是什么？

我可以把它化为影像再次展示一下。

1. 我坐着小船漂浮在宁静的海面上。

2. 俯视下方，水中能看见海底火山的顶峰。

3. 海面和那顶峰之间似乎没有多少距离，但并不清楚确切的情况。

4. 原因在于水太透明，所以距离感难以捉摸。

妻子说了不想去通宵营业的餐馆后，到我说“也许是这样”的两三秒之间，浮上我脑际的意象大体就是这样的东西。我不是西格蒙德·弗洛伊德，自然无法明确地剖析这种意象究竟意味着什么，但也能凭直觉领悟到这属于启示性的意象。正因如此，尽管饥饿感异常凶猛，我也几乎不假思索地同意了她不愿外出用餐的决议（或者说声明）。

无奈，我们打开罐装啤酒喝起来。妻子不怎么爱喝啤酒，结果我喝了六罐中的四罐，她喝了另外两罐。在我喝啤酒时，她像十一月的松鼠一样将厨房里的橱柜搜

了个遍，从纸袋底找出了剩下的四块黄油曲奇。是做冷冻蛋糕底座时剩余的材料，已经又湿又软了，可我们还是珍惜无比地每人两块，分而食之。

然而很遗憾，无论是罐装啤酒还是黄油曲奇，在我们的空腹中干干净净地没有留下丝毫痕迹。它们就像从空中俯瞰西奈半岛一般，仅仅是徒然地从窗外一掠而过。

我们一会儿读读啤酒罐上印的文字，一次次地看时钟；一会儿瞟一眼冰箱门，一页页地翻昨天的晚报；一会儿用明信片将桌上散落的曲奇碎屑刮拢起来。时间就像被吞进鱼腹的铅坠，昏暗而钝重。

“肚子饿成这样，我还是头一回呢。”妻子说，“跟结婚是不是有关系呀？”

这个嘛，我说，也许有，也许没有。

妻子在厨房里翻箱倒柜搜寻新的食物，我又从小船上探出身子俯瞰海底火山的顶峰。包围着小船的海水清澈透明，让我心中极为忐忑不安。感觉就像心窝里猛然生出了空洞一般。既没有出口也没有入口，是一个纯粹的空洞。体内那种奇妙的缺失感（实实在在的不安之感），跟爬上高耸的塔尖时因为恐惧而引发的麻木感不无相似。饥饿与恐高居然有相通之处，对我来说倒是个新发现。

曾经有过相同的体验。想到这一点，恰好是在这个时候。我那时候也和现在一样饥肠辘辘。那是——

“袭击面包店的时候！”我情不自禁地脱口而出。

“袭击面包店，那是怎么回事？”妻子紧跟着问道。

就这样，袭击面包店的回忆开场了。

“很久很久以前，我曾经袭击过面包店。”我向妻子说明，“那家面包店并没有多大，也不是有名的店。既不是特别好吃，也不是特别难吃。就是那种随处可见的普通面包店，位于商店街正中央。老爷子一个人自烤自卖。卖完早晨烤好的面包就闭店关门，就是这样一家小店。”

“为什么挑了这样一家不起眼的面包店袭击呢？”妻子问。

“因为没有必要袭击大店嘛。我们只不过是要能够填饱肚皮的面包，并不是要抢钱。我们是袭击者，不是强盗。”

“我们？”妻子说，“我们是指谁？”

“那时候，我有一个搭档。”我解释道，“已经是十年前的事了。两个人都一贫如洗，连一管牙膏都买不起，每天都用牙刷蘸着水刷牙。食物自然也总是不够吃。所以那段时间，我们为了弄到吃的，着实干了不少不成体统的事。袭击面包店也是其中之一……”

“我搞不懂。”妻子说着，盯着我的脸，眼神宛如在黎明的天空搜寻褪去光芒的星星，“干吗要干那种事？稍微打打工就能买得起面包呀。不管怎么想，也是这么做更简单，跟袭击面包店相比的话。”

“因为我们不想工作。”我说道，“这不是一目了然的吗？”

“可你现在不是在规规矩矩地工作吗？”妻子说。

我点了点头，喝了一小口啤酒，然后用手腕内侧揉了揉眼睛。几罐啤酒让我昏昏欲睡，睡意像淡淡的淤泥一般潜入我的意识，与饥饿展开角逐。

“时代变了,空气会改变,人的想法也会改变。”我说，“不过，是不是该睡了？咱们俩明天都得早起。”

“我一点也不困，而且还想听听袭击面包店的故事。”妻子说。

“很无聊的故事哟。”我说，“不像标题那样让人感到有趣，也没有华丽的打斗场面。”

“那么袭击成功了吗？”

我不再坚持，一把揪掉一罐啤酒的拉环。妻子的性格是只要开口打听，就要一直追问到底才称心。

“可以说成功了，也可以说没成功。”我说道，“我们弄到了面包，要多少有多少。但那不是硬抢来的。就是说，在我们动手硬抢之前，面包店老板就把面包送给我们了。”

“不要钱？”

“不是不要钱。这就是复杂之处了。”我说着摇摇脑

袋，“面包店老板是个古典音乐迷，当时店里正好在播放瓦格纳的音乐。老板说，只要认认真真地听一遍那首曲子，店里的面包想吃多少就吃多少。我和搭档商量了一番，得出这样一个结论：听听音乐的话，倒也可以接受。这既不是纯粹意义上的劳动，又不会伤害任何人。于是我们放下菜刀，坐在椅子上，跟着面包店老板一起，表情怪异地听了一遍《特里斯坦与伊索尔德》。”

“然后拿到面包啦？”

“对。我和搭档在店里见面包就拿，拿起来就吃。差点把货架都吃空了。”我说着，又啜了一口啤酒。睡意像海底地震产生的无声的波浪，徐缓地摇晃着我的小船。

“当然，搞到面包这个预期目标已经实现了。”我继续说道，“可那无论怎么看，都算不上犯罪。那玩意儿说来就是交换。我们听瓦格纳，得到面包作为交换。从法律角度来看，就像是商务交易。”

“不过，听瓦格纳可不是劳动。”妻子说。

“说得没错。”我说，“如果当时面包店老板叫我们洗盘子或者擦窗子，我们恐怕会断然拒绝，马上动手抢夺面包。可是老板仅仅要求我们听瓦格纳，所以我和搭档心里混乱极了。居然是由瓦格纳出面，理所当然，我们压根儿就没有料到。就结果来说，这简直跟施加在我们身上的诅咒差不多。事到如今回想起来，我们不该接受这个提议，应该按照预先的计划拿刀威胁，单纯地抢面包才对。这么一来就不会有任何问题了。”

“出了什么问题吗？”

我又用手腕内侧揉了揉眼睑。

“对啊。”我答道，“但不是清晰可见的具体问题。只是许多东西以这次事件为界，慢慢发生了变化。而一旦发生变化，事物就不可能重归原处了。结果我重返大学顺利毕业，一边在法律事务所里工作，一边准备司法考试。然后认识了你，结了婚。再也不会去袭击面包店了。”

“这就结束了？”

“是呀，就是这样一个故事。”我说完，又接着喝啤酒。

于是六罐啤酒全空了。烟灰缸里，六个拉环就像人鱼身上刮落的鳞片，扔在那儿。

当然，实际上并不是什么事都没发生。清晰可见的具体问题也实实在在地发生过好几次。只是我并不想告诉她。

“那么，你那位搭档现在在干什么？”妻子问道。

“不知道。”我回答说，“之后因为一点小事，我们分手了。从此以后再也没有见过面，也不知道他现在在干什么。”

妻子沉默片刻。她大概从我的语气中感觉到了不甚明了的余韵。然而她没有进一步追究。

“可是，你们两个会散伙，那次袭击面包店事件就是直接原因喽？”

“可能吧。我觉得那次事件给我们的冲击远比表面上大得多。我们此后一连几天都在讨论面包和瓦格纳的关系，讨论我们的选择是否正确。可是没有结论。中规中矩地思考的话，这个选择自然是正确的。因为没有一个人受到伤害，各方都基本得到了满足。面包店老板——他为什么那么做，我到现在也理解不了，但总而言之——宣传了瓦格纳，我们也美餐一顿面包，填饱了肚皮。尽管如此，我们还是感到其中有某种重大的错误。而且那谬误在原理不明的情况下，纠缠上了我们的生活。我刚才用了诅咒这个词，就是为了这个缘故。我们总是能感觉到它的阴影。”

“那个诅咒已经消失了吗？从你们两人头上消失了？”

我用烟灰缸里的六个拉环做了一个手镯大小的铝环。

“怎么说呢？世上好像充满了许许多多的诅咒，就算发生什么不如意的事，也很难看清楚究竟该怪哪个诅咒。”

“哪里，没那回事。”妻子定定地注视着我的眼睛，说道，“仔细想想就能搞清楚。而且，如果你没有亲自动手化解那个诅咒，它就会像严重的蛀牙一样，一直把你折磨到死。不单是你，还包括我呢。”

“包括你？”

“这不，现在我就是你的搭档呀。”她说，“比如说我们现在感到的这种饥饿就是。结婚前，我可从来没有体味过这么强烈的饥饿。一次也没有。你不觉得这很异常吗？肯定是加在你身上的诅咒把我也牵扯进去了。”

我点点头，把做成手镯的拉环又拆散开来，放回烟灰缸里。我不清楚她的话是否真实，可又觉得，也许真是这样呢。

暂时远遁到意识之外的饥饿感又卷土重来了。那饥饿比以前更猛烈，托它的福，连脑袋深处都针扎般疼。胃囊底部一痉挛，那种颤抖就通过离合器线传导到脑袋深处。我体内似乎设置了比想象中更为复杂的功能。

我再度将视线投向海底的火山。海水的透明度比刚才增加了许多，如果不注意看，甚至看不到那里有水。小船简直就像飘浮在空中，没有任何支撑。连海底的一粒粒小石头都看得一清二楚。

“虽然才跟你一起生活了半个月，可我的确感到身边一直有某种诅咒的阴影。”她直直地盯着我的眼睛，在桌上将十指交叉在一起，“当然，在听你说起这件事以前，我并不知道那就是诅咒。不过现在真相大白了。你遭到诅咒啦。”

“你感觉那诅咒的阴影像什么呢？”我问道。

“感觉就像好多年没有洗过、布满灰尘的窗帘从天花板上耷拉下来一样。”

“说不定那不是诅咒，就是我自己。”我笑着说道。

她没有笑。

“不是的。我心里明白，并不是那么回事。”

“假如像你说的，那就是诅咒，”我说，“我到底该怎么办才好？”

“再去袭击一次面包店呀。现在马上就去。”她断言道，“除此之外，没有别的办法解除这个诅咒。”

“现在马上就去？”我反问道。

“是呀，现在，立刻。趁着这饥饿感还在持续。没有完成的事情，现在就去完成。”

“不过这深更半夜的，面包店会不会开门呢？”

“去找找看。”妻子说，“东京是个大城市，肯定有通宵营业的面包店。”

我和妻子开着通身油漆剥落的旧丰田卡罗拉，在深夜两点半的东京街头转来转去，搜寻面包店。我握着方向盘，妻子坐在副驾驶座上，用食肉鸟般锐利的目光巡视道路两侧。后排座位上，雷明顿自动霰弹枪像细长的干鱼般横躺着。妻子穿的防风上衣口袋里，备用的霰弹哗啦哗啦地发出硬邦邦的声响。储物箱里放着两只黑色滑雪面罩。我不明白妻子怎么会有霰弹枪。滑雪面罩也是一样。无论我还是她，都一次也不曾滑过雪。然而关于这些，没有任何说明，我也没问，只是心想：婚姻生活这东西要比想象中更加奇妙。

我沿着夜间冷清的道路从代代木驶向新宿，接着驱车前往四谷、赤坂、青山、广尾、六本木、代官山、涩谷，但连一家通宵营业的面包店也没找到。当然很多便利店倒是开着。可便利店不是面包店，哪怕那里也卖面包。我们要袭击的，非得是只卖面包的店不可。

途中两次遇上警察巡逻车。一辆像鳄鱼般一动不动地潜伏在路边，还有一辆似乎满腹狐疑地从身后追上我们，超越我们而去。每一次，我腋下都渗出汗水，可妻子连瞧都不瞧一眼，双唇紧闭，一心一意地搜寻面包店。每当她改变身体角度，口袋里的霰弹就发出枕头里装的荞麦皮般的干燥声响。

“我说，就算了吧。”我说，“这深更半夜的，哪会有面包店还开着门呀。这种事还是得先做好调查才——”

“停车！”妻子喊道。

我慌忙踩下刹车。

“就是这家店了。”她用平静的语气说道。

我把手放在方向盘上，四下观望，周围没看见像面包店的地方。沿街的商店全都黑乎乎地紧闭着卷帘门，犹如墓场一般寂静无声。理发店的红白蓝旋转彩柱仿佛扭曲的暗示，浮现在黑暗中。只看见两百米外有一块麦当劳亮晃晃的招牌。

“没有面包店呀。”我说。

然而妻子一言不发，打开储物箱取出胶布，拿在手上下了车。我打开另一侧车门下车。妻子在车前蹲下，撕下适当长度的胶布，贴在牌照上，不让人家看出车号。然后再转到车尾，把那边的牌照也遮住，手法娴熟。我呆立在那里，傻乎乎地看着她的动作。

“就抢那家麦当劳。”妻子淡淡地说，简直和宣布晚饭的小菜是什么的时候一样。

“可麦当劳不是面包店。”我指出。

“跟面包店差不多嘛。”妻子说着回到车里，“有时候也应该妥协一下。反正你把车子停在麦当劳前面。”

我不再坚持，向前开了两百米，把车子停在麦当劳的停车场里。停车场里只有一辆崭新的藏青色本田雅阁停在那里。妻子将裹在毛毯里的霰弹枪递给我。

“这玩意儿我可从来没使过，也不想使。”我抗议道。

“没必要使它。你只要拿着它就行啦。没人会抵抗的。”妻子说，“知道吗？你就照我说的做。我们俩先堂而皇之地走进店里,然后等店员说‘欢迎光临麦当劳’时,就以此为暗号把面罩戴上。听明白了吗？”

“我明白了，可是——”

“然后你拿枪指着店员，把全体员工和顾客集中在一个地方。剩下的我会做好。”

“可是——”

“你看我们需要几个汉堡包？”她问我，“有三十个就够了吧？”

“大概吧。”我说，然后无可奈何地接过了霰弹枪。枪像沙袋一样沉重，像新月下的河汉一般黑幽幽的。

“真的有必要这么做吗？”我一半是在问她，一半是在问我自己。

“那当然！”她说道。

“欢迎光临麦当劳。”头戴麦当劳帽子的女孩站在柜台里，带着麦当劳式的微笑对我说。我还以为深夜里的麦当劳是不会有女孩子干活的，看到她的身影，刹那间

脑子一阵混乱，但还是立刻转过念头，把滑雪面罩严严实实地蒙在了头上。

柜台里的女孩见我们忽然蒙上滑雪面罩，不禁哑然失语。《麦当劳待客手册》里根本没有写到该如何应对这种情况。她正打算接着“欢迎光临麦当劳”说下去，但脱口而出的只有无声的叹息。尽管如此，走投无路的营业式的微笑依然像黎明前的月牙儿一般，悬挂在她的嘴角。

我急忙扯掉毛毯拿出枪来，指向用餐区，那里只有一对似乎是大学生的情侣，趴在塑料餐桌上睡得正香。他们的两颗脑袋和两杯草莓奶昔，像先锋派艺术品一样排列在桌上。两人宛如正在冬眠般意识全无，我便不再搭理他们，将枪口指向柜台。

麦当劳的员工一共有三人。柜台里的女孩，大约过了二十五岁、气色很差的鹅蛋脸店长，还有没有什么深度、无精打采地在后厨打工的大学生。三人聚集到收银台前，盯着我端在手上的枪，眼神仿佛窥探印加古井的

游客。没有人发出悲鸣，也没有人扑上前来厮打。枪十分沉重，我将手指搭上扳机，把枪身搁在收银机上。

“我给你们钱。”店长用沙哑的声音说，“十一点回收过一次了，所以剩得不太多，你们全拿去好了。反正有保险，问题不大。”

“把正面的卷帘门放下，关掉招牌的电源。”妻子用公事公办的声音说道。

“请等一下。”店长说，“那可不好办。随便关门歇业，我是要承担责任的，得给总公司写检讨书——”

妻子用更为事务性的声音，把同一道命令重复了一遍。

“还是照她说的做为好。”我忠告他。店长看了看收银机上的枪口，又看了看妻子的脸，终于不再坚持，熄灭了招牌的灯，按下控制板上的按钮，放下了正面的卷帘门。我一直在提防他趁乱按下紧急报警按钮，不过麦当劳里看来没有紧急报警装置。汉堡店居然会遭到袭击，这样的事大概谁都没想到吧。

正面的卷帘门发出棍棒击打铁桶般的声音，关闭起来。尽管这样，桌边那对情侣照旧呼呼大睡。如此深沉的睡眠，我此前从未看到过，此后也再没见过。

“来三十个巨无霸，打包带走。”妻子说。

“我多给您些钱，请你们去其他店里买来吃好不好？”店长说，“结账处理时会很麻烦。就是说——”

“还是照她说的做为好。”我重复道。

三人结伴走进厨房，开始制作三十个巨无霸汉堡。打工的大学生烤汉堡牛肉饼，店长把它夹进面包里，女孩子用白色包装纸包好。其间谁也不开口说话。我靠在大型商用冰箱前，枪口对准烤肉的铁板。牛肉像茶色的水珠花纹一样排列在铁板上，发出嗞嗞的响声。烤牛肉的香味宛如肉眼看不见的羽蚊，从周身的毛孔钻入我的体内，混进血液里，在我的周身循环。最终集结在身体中心生出的空洞里，紧紧黏附在那粉红色的壁面上。

我很想马上抓起在身边堆积起来的、包着白色包装纸的汉堡包，来它个狼吞虎咽。但这种行为恐怕不符合

我们的目的，妻子肯定也不喜欢，所以我决定忍耐到三十个汉堡全部做好。厨房里很热，汗在我的滑雪面罩下流淌。

三人做着汉堡包，每隔十秒钟便偷瞥一下枪口。我不时用左手的小指搔搔两只耳朵。我一紧张，耳朵里肯定会发痒。当我隔着滑雪面罩搔耳孔时，枪身便不安地上下摆动，这让三人的心情十分慌乱。枪的保险锁得好好的，大可不必担心走火。可是三人并不知道，我也没打算特意告知他们。

在三人做着汉堡包、我将枪口瞄准铁板之际，妻子一会儿窥探用餐区，一会儿数数已经做好的汉堡。她将包着包装纸的汉堡塞进手提纸袋里。一只手提袋里装了十五个巨无霸。

“为什么要干这种事呢？”女孩子对我说，“拿着钱逃走，去买爱吃的东西不是更好吗？您真的要吃三十个巨无霸？”

我不回答，只是摇摇头。

“对不起你们啦，怪只怪面包店都没开门。”妻子对那个女孩解释道，“要是面包店开门的话，我们肯定就去袭击面包店了。”

我觉得这根本算不上解释，但他们反正也心灰意冷，不再开口，默默地烤肉，把烤肉夹进面包里，再用包装纸包好。

两只手提袋里完美地装进三十个巨无霸后，妻子向女孩子点了两份大杯可乐，付了款。

“除了面包，我们什么也不打算抢。”妻子向女孩解释。女孩复杂地动了动脑袋。那既像是摇头，又像是点头，大概是想同时做两个动作的缘故吧。我似乎能理解她的心情。

妻子随后从衣袋里取出捆行李用的细绳（她什么都带着），像钉纽扣一般将三人的身体巧妙地捆在了柱子上。三人已经明白多说也无益，便沉默地任她摆布。妻子问他们“疼不疼”、“要不要上厕所”，他们也一言不发。我用毛毯把枪裹好，妻子双手提着印有麦当劳标识的手

提袋，从后门走到了店外。直到此时，用餐区的那对年轻情侣仍然像深海鱼类一般死死地熟睡，甚至看不出在呼吸。如此深沉的睡眠，究竟什么东西才能打破呢？

驱车飞驰了三十分钟左右，我们在一处合适的大厦停车场里停下车，尽情地饱餐汉堡包、痛饮可乐。我用六个巨无霸填满了胃里的空洞，她吃了四个。即使如此，车后座上还剩下二十个巨无霸。天快亮时，我们那原以为会永远持续的深深的饥饿感消失了。第一缕阳光将楼宇肮脏的墙壁染成了紫藤色，让“索尼蓝光播放机”的巨大广告塔发出炫目的光芒。不时呼啸而过的长途卡车的轮胎声里，可以听见小鸟的鸣啭。我们两人合抽了一根烟。吸完烟后，妻子轻轻地把头靠在我的肩上。

“不过，真的有必要干这种事吗？”我再次问她。

“当然。”她回答，然后长长地呼了一口气，就这样沉沉入睡了。她的身子像猫咪一般柔软，而且轻盈。

现在只剩下我一个人，我从小船上探出身子，窥探海底。然而那里已经看不见火山的身影了。水面静静地映照出湛蓝的天空，细浪犹如随风摇曳的丝绸睡衣，轻柔地拍打着小船的船舷。

我躺在船底，闭上眼睛，等待涨潮的潮水将我运往应去的岸边。

后记

德国画家卡特·曼施克女士继《眠》之后，又将《袭击面包店》（パン屋襲撃）与《再袭面包店》（パン屋再襲撃）做成了带插图的“绘本”。我非常喜欢她超现实主义风格的画，所以心里很高兴。我跟她在柏林见过一次面，一起吃饭。她和我说起了在从前的东德度过的少女时代。

《袭击面包店》真的可以说是我在作家生涯初期写就的短篇，刊载于《早稻田文学》一九八一年十月号。怎么会想出这么个古怪的故事来？时至今日，我已经想不起来了。也许与其说是“袭击面包店”这个词，不如说是这样的灵感偶然浮上脑际，故事再由此开始，“追随而来”般显露出来。在我来说，这种情况颇为多见。

不用说，《再袭面包店》是作为《袭击面包店》的续篇写下的。这一篇刊载于女性杂志《Marie Claire》（现已不复存在）一九八五年八月号上。曾经袭击过面包店、憧憬做个“不法之徒”的青年，如今也找到了一份像模像样的工作，结婚成家。然而那种神秘的饥饿再次袭扰年轻夫妇，驱使二人走上不法之路。

在我的印象中，这对夫妇好像稍经改头换面，步入了《奇鸟行状录》的世界。

重读这两部作品校样的过程，勾起了我动手修改文章的欲望，在许多地方做了一些细微的修改。该说是版本升级吧，如果能将它作为氛围与原版不尽相同的文本来阅读，我就十分高兴了。为了与原版区分，标题更改为“パン屋を襲う”和“再びパン屋を襲う”。

《袭击面包店》里出现了“上帝也罢马克思也罢约

翰·列侬也罢，统统都死了”这么一句话，细想起来，写这篇作品就在约翰·列侬遭到刺杀后不久。对了，空气就是这般鲁莽、迫切，（大概）到了让人想去袭击面包店的程度。

村上春树

二〇一二年十一月末

图书在版编目(CIP)数据

袭击面包店/〔日〕村上春树著；〔德〕曼施克图；施小炜译.—海口：南海出版公司，2015.1

ISBN 978-7-5442-7523-1

Ⅰ.①袭… Ⅱ.①村…②曼…③施… Ⅲ.①长篇小说－日本－现代 Ⅳ.①I313.45

中国版本图书馆CIP数据核字(2014)第264900号

袭击面包店

〔日〕村上春树 著

〔德〕卡特·曼施克 图

施小炜 译

出　　版　南海出版公司　(0898)66568511

　　　　　海口市海秀中路51号星华大厦五楼　邮编 570206

发　　行　新经典发行有限公司

　　　　　电话(010)68423599　邮箱 editor@readinglife.com

经　　销　新华书店

责任编辑　翟明明

特邀编辑　朱文婷

装帧设计　金　山

内文制作　田晓波

印　　刷　北京顺诚彩色印刷有限公司

开　　本　787毫米×1092毫米　1/32

印　　张　2.5

字　　数　43千

版　　次　2015年1月第1版

印　　次　2015年1月第1次印刷

书　　号　ISBN 978-7-5442-7523-1

定　　价　29.50元

著作权合同登记号　图字：30—2014—153

村上春树与卡特·曼施克